Distribuidores exclusivos: Editorial Heliasta S.R.L.
Viamonte 1730 - 1er piso (C1055 ABH) Buenos Aires, Argentina
Tel.: (54-11) 4371-5546 - Fax. (54-11) 4375-1659
editorial@heliasta.com.ar
www.unaluna.com.ar

Título Original: *Augustus and his Smile*
Texto e ilustraciones: Catherine Rayner
Traducción: Ana Drucker

Esta primera edición de 3000 ejemplares se
terminó de imprimir en PRINTING BOOKS,
Mario Bravo 835, Avellaneda, Pcia. de Buenos
Aires, en el mes de febrero de 2007
Libro de edición argentina.

ISBN : 978-987-1296-19-4
Queda hecho el depósito que
establece la Ley 11.723.

Gracias Mamá, Papá, Brian y Colin

Rayner, Catherine
Augusto y su sonrisa - 1ª ed. - Buenos Aires : Unaluna, 2007.
28 p. : il. ; 26 x 26 cm.

Traducido por : Ana Drucker

ISBN 978-987-1296-19-4
1. Narrativa Infantil Inglesa. I. Drucker, Ana, trad. II. Título
CDD 823.928 2

AUGUSTO Y SU SONRISA

CATHERINE RAYNER

Augusto, el tigre, estaba triste.
Había perdido la sonrisa.

Así que se estiró MUCHO

y empezó a buscarla.

Debajo de unas
plantas encontró algo
que brillaba.
Pero no era su sonrisa
sino un escarabajo
chiquito.

Entonces se trepó a los árboles más altos.

En las copas había pájaros que cantaban y piaban,

pero no pudo encontrar su sonrisa.

Augusto buscó más y más lejos.

Se trepó a unas montañas muy altas y alcanzó las nubes,

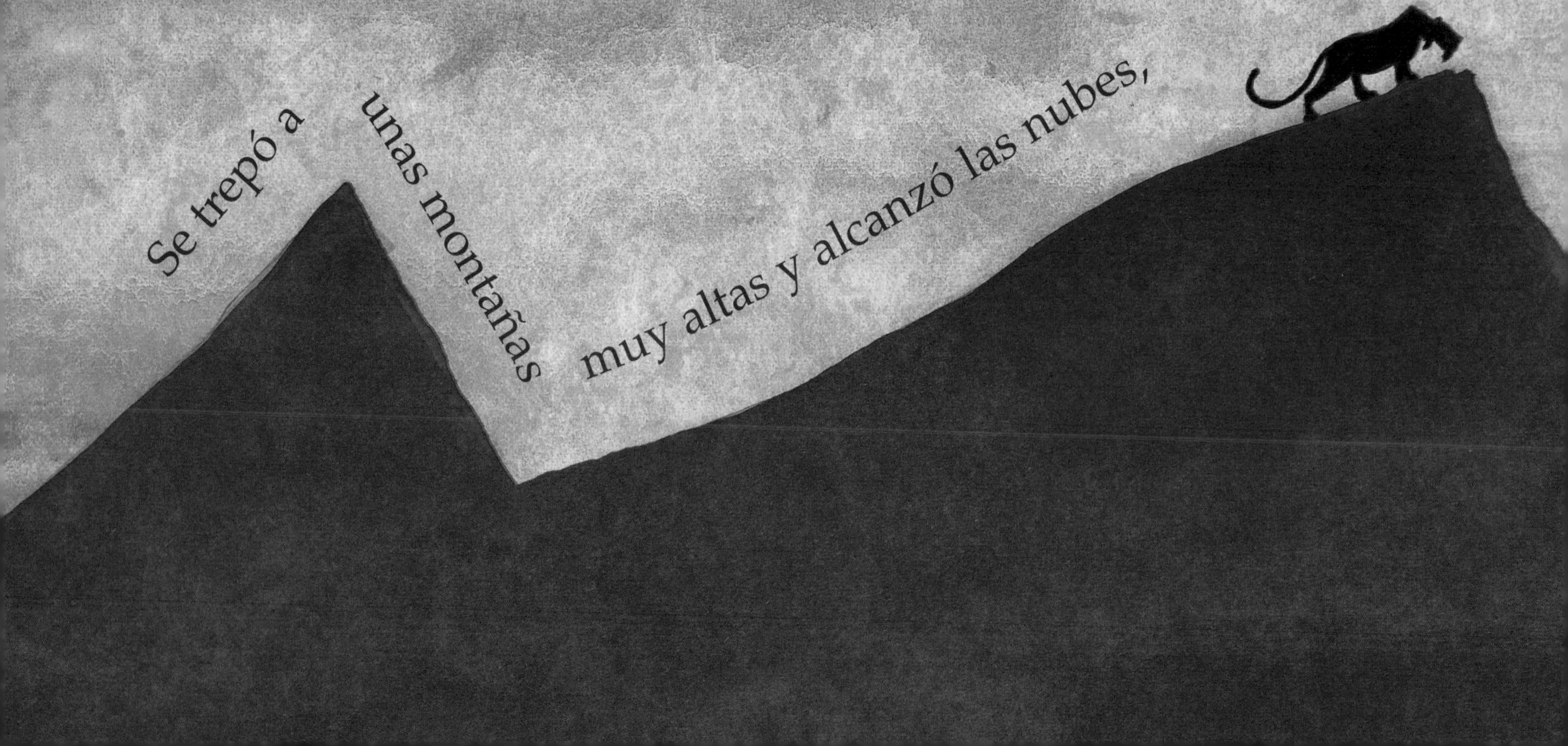

que formaban figuras. Pero no vio a su sonrisa.

Nadó y jugó con un montón de peces chiquitos,
que brillaban en el mar. Pero la sonrisa no aparecía.

Recorrió el largo desierto, haciendo
sombras y figuras con el sol.
Augusto avanzó más

y más

a través de la arena

hasta que . . .

. . . plic
plac
ploc
plac
gotita
gota
gotón!

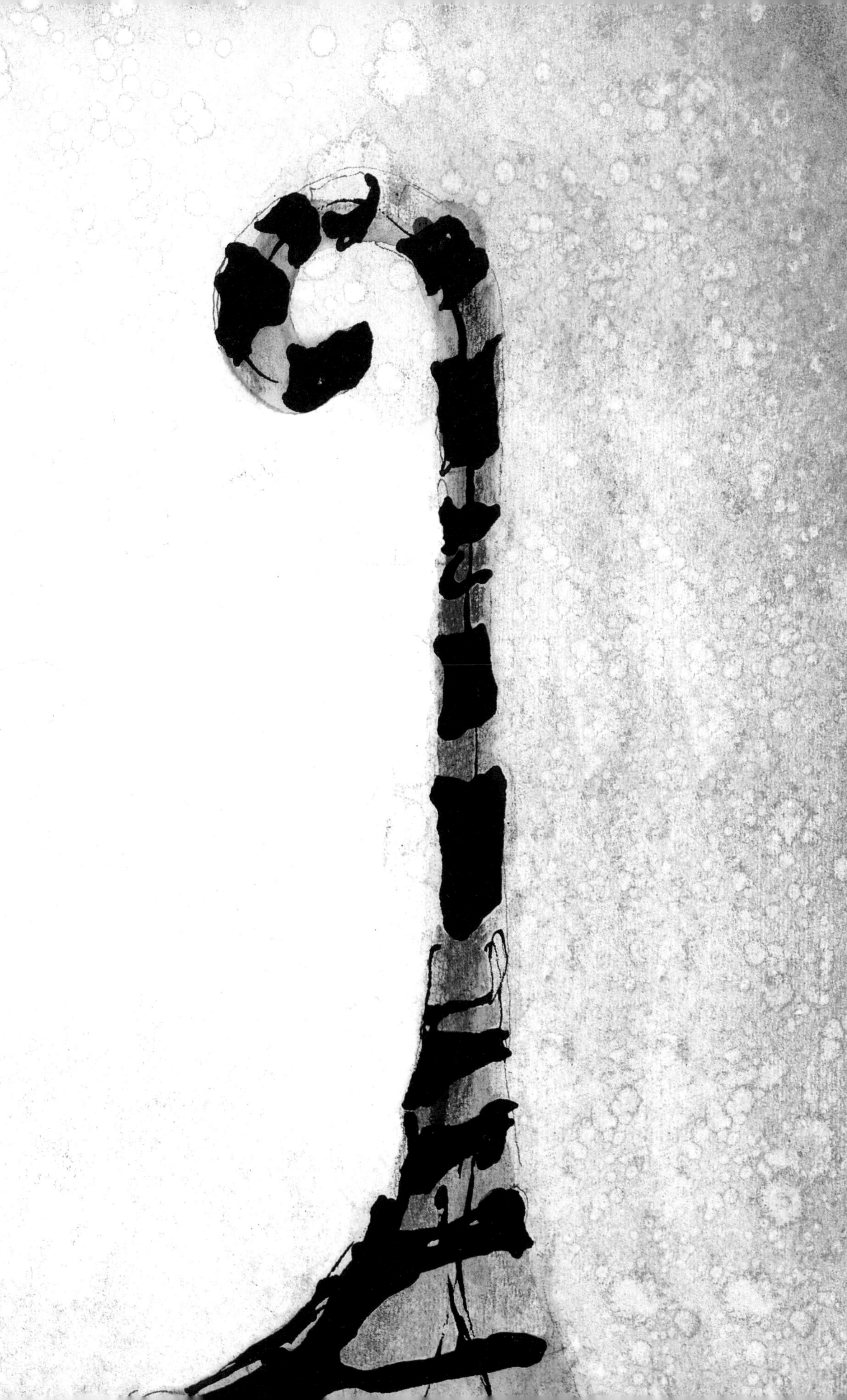

Augusto bailó

y corrió

mientras que las gotas de lluvia caían

y volaban.

Salpicó al pasar por los charcos
que eran cada vez
más grandes y más profundos.

Corrió hacia un enorme
charco azul plateado y allí . . .

¡ . . . Allí, debajo de su nariz,

estaba su sonrisa!

Entonces, Augusto se dio cuenta que su sonrisa estaría con él,
siempre que él estuviera contento.

Él solo tenía que nadar con los peces
o bailar en los charcos,
o trepar las montañas y mirar el mundo . . .
porque la felicidad estaba en todas partes.

Augusto estaba tan contento que
bailó

y saltó . . .

. . . y se alejó saltando,

con su sonrisa.